詩集

緑みちる

Hiraki Tanma

平木たんま

ふらんす堂

目次

詩集

緑みちる

I

白木蓮

花芽が毛皮のコートを脱ぐと
手品のように大きな花が現われる
木はたくさんの花で飾られる
花はソフトクリームの色
赤ちゃんの産着の色

花びらは
大切そうに重なって
中心を包み

チューリップのように膨らむ

そして
外側から反りはじめ
春の嵐が来ると
強い風にばらばらにばらける

花びらは小舟のような形をしていて
遠くまで行くのがある
いくつかは、どこまでも行き
だれにも見つけられない

三味線草

帽子の形をした小高い山
パステル色の緑を秘めて霞む
ところどころ薄桃色なのは桜だろう
田に水は引かれていないが
畦に沿ってオオイヌノフグリの空色
カラスノエンドウの紫の花
つやつやとそれらの緑

ほんの三年前、わたしも斜面を歩き
カタクリの写真を撮り
アズマイチゲの群落を見た
草の名前を手帖にたくさんメモした
老いて、いまは畦に座し
植物同好会の人たちを待っている
春は待つのにもいい季節だ

耳もとでしゃらしゃら
三味線草*を振る音がする
振り向くとまっ先に来た友が
わたしの後に立ちにこにこしていた

見ていた景色がめくれ
懐かしい春になった

＊薺《なずな》・ぺんぺん草のこと

さくら

縁側に椅子を出し桜を見る
さくらは池に枝を伸し　七分咲き
曇る空にそよりともしない
多くの優れた人たちが惹かれたというが
わたしにはしっくり来ないと思いつつ
ランボーの訳詩集を手に
椅子の背を倒す

ランボーの「感覚」（清岡卓行訳）を読む

詩の中の髪を洗う風はないが
顔を上げると桜が見える
ランボーを読む
桜を見る

これまでこの詩が
どうして分らなかったのだろう
若い頃の恋人が
傍に居るかのようだ

空中大好き

染井吉野が満開だ
ゆれるさくらの隙間から
ヒヨドリのお尻が見えたり
枝を摑んだ足が見えたり
二羽三羽、もっとたくさんいるようだ
ひーょ　ひーょ　と騒がしい

鳥たちが地上を歩く姿を見ると
恐竜に似ているといつも思う
かれらは空中を飛ぶ、わたしたちも
飛行機なしに海外旅行は考えられない

映像で見た空飛ぶ車が
実現したらいいな
あちらのさくらへ
こちらのさくらへ、ひとっ飛び
川や林を越えて行く

地べたから離れたうれしさに
ヒヨドリのように

ひーょ　ひーょ　と鳴きそうだ
さくらの梢を行くときは
爽やかな花の香りがするだろう

薬局にて

お母さんが薬局の窓口にいる間
歩き始めた幼子は棚の
らくらく服薬ゼリー、歯ブラシ、イソジンなどを
抜いてみたり指で倒したり
ころころぽっちゃり
お母さんのお尻の辺りに顔をよせる

お母さんが抱き上げる幻の重い体
まぶしい青年が生まれるでしょう
青虫が蝶に変身するように
体のどこにもいまの細胞は残っていない

生まれ変わった脳細胞の中は広々としていて
自分自身の気づいていないことまで
初恋の人を動画で保存していたりする
保存してそのままのものも無数にあるけれど
そんな脳細胞が保存をスルーした
幼いときの記憶

成長した青年が

老いたお母さんの所へ行くのは
空色の糸に引かれ
薬局でしたようないたずらを
してみたいと思うのでしょうか

春

銀杏の木に指先ほどの新芽がついている
小さいながらくびれもついて
総てが揃っているのだろう
このまま大きくなればいい
変更などあり得ない
みんな同じに見えるけれど
どの葉もそれぞれさまざまだ

生れたての赤ん坊も
そのまま大きくなればいい
泣いてお乳を欲しがり
抱かれて眠るだけの
見知らぬ新しいもの
変更などあり得ない
見とれているとなぜかほほ笑むもの
恐れなくていい
どこの子もこんなことをする

忘れてはいけない
どれとも、だれとも違った

新しいものだったことを
銀杏の木は葉を広げ
成長した女性の裸体の
なんと美しいこと！

荒川（春）

急斜面を下りると川
若草に見え隠れして
川はふくらみ
折りあらば実力を見せたいと
太陽と手を繋ぎ
音もなく、ぐいぐい行く

かすむ秩父の山々とおなじ色で
なにくわぬ顔をして来る
何をして来たのだろう
川底の泥の感情
なにもかも無言で飲み込み底を見せない

わたしはこの川の上流で生れた
貧しい子供と清らかな流れ
学び、手に入れ、老いて
しなやかな肢体も水底の白い石も
わたしの記憶に残るのみ

土手に登ると

鶯が鳴く、川風も登ってくる
どすの利いた底の見えないたっぷりな水量
甘く豊かな泥の感情
行く手の新しい緑につき進んで行く

枝先に

ソメイヨシノの花は小豆色の蕊になったが
うすべにいろの花びらが上空から散りかかる
思いがけないとき
ひとひら、そしてひとひら

うすももいろによろめいて
老いたわたしの膝にくる
盛りを過ぎた小野小町*のさまよえば
消えそうな色香

どこへでも行ける花びら
見知らぬ土地へも、戦場へも
関わりがあるような無いような
記憶の気泡のよう

花の数だけ蕊をつけた
ソメイヨシノの枝先に淡い緑
待ちきれないで揺れながら
小町ってなになのとささやき合っている

＊絶世の美女と言われた平安時代の歌人

Ⅱ

半袖のブラウスで

若葉の季節
いま着いたばかりのように
自転車を傾け片脚を地につけていた
しなやかな肢体
問いかけるように瞳を開き
わたしを見つめていた

あなたが通る筈のないところなので
待っていたと直感した

立ち止まることも近づくことも出来ない
明るく爽やかな緑
わたしは驚きと喜びでいっぱいになった

キューピッドも天使も信じることが出来た
若いわたしが半袖のブラウスで
自転車に乗ると
うぶ毛をくすぐる風が過ぎた

忘れたりしない
膨大な記憶を分けて行けば
宝石の原石のように見つかる
こころの塊

緑の池

話し声がするので振り向いたが
だれもいなかった
カツラの木の青葉がゆれた
広い池の向こう岸に人がいてまだ話している

緑一色の水面は板のようにまっ平
透明な何かに包まれて
声がころころころがってくる
いつからこんなことをしているのか

このH$_2$O
巨大なシダ類が生い茂った石炭紀の湿地帯
さまざまな恐竜がいた白亜紀の水面
恐竜の声も転がしたのだろうか
植物の伸びる音も聞こえたろうか

絵のような向こう岸
池に向かって立っている人
座っている二人
やって来る人
まわりを散歩する人も

蓮ひらく

いちめんのふわふわな雲
沼を細かい波が来る
湿りをおびた肌になじむ風
遠く近く蓮の花が咲いている
ピンク色の花は両掌に載せる大きさ
花びらが風にゆれる
花びらを水に浮かべているのもある

緑紫色のめだたない蓮の蕾

先を尖らせ水中から出ると
群がる蓮の葉を抜け
まっすぐ伸びる
花はまだこの世の空気に触れていない
水中にいたときの鎧の中だ

蕾がふくらんで開くとき
ポンと音がするという
赤ん坊が生れて
この世の空気を初めて肺に入れるとき
私たちに大きな声が聞こえるように
蓮たちには聞こえるのだろう
ポンという元気な声が

ひらいた蓮の花に細かい雨がふる
蓮の葉の上で
銀色のしずくがころがり
一つになる

同級生

ポンポンダリアの赤　オレンジや白の炎のような大輪
ダリア園を横切る道で彼は言った
「この道をふたりで歩いたんだ」
そうだろうと目で同意を求めた
およそ六〇年前、両神登山[*1]の帰り道
バス停までかなり歩いたのを覚えている
この道だったのかと懐かしい
（……彼とではないとおもうけれど）

山奥の秩父鉱山[*2]は栄えていた
大学を卒業し勤めはじめた彼にお願いして
その宿泊施設に泊めてもらった
床も階段も良質の木材でしっかり作られていて
木の香りがした
両神山に登るのには絶好の場所にあった
四〜五人で泊まったと思っていたが
彼は一人だったという
（……一人で登山しないとおもうけれど）

「忘れてしまったのだ」と彼
そういえばあの頃の仲間たち
みんなどうしているのかしら

両神山の尾根は歩きやすかった
両側の深い谷にも遭難の危険は感じなかった
(……その節はお世話になりました)

子育てに忙しかった頃、彼はどうしていたのだろう
二人で夜空を眺めたりしなかったけれど
わたしたち孫も居てあの頃より豊かに暮らしている
(………………)

＊1 標高1723メートル、日本百名山の一つ。
＊2 わたしが子供の頃は秩父金山《きんざん》と言っていた。1962年、宿泊した頃は二千数百の人たちが暮らしていたというが今は廃墟となっている。

でくのぼー

三人の子に手が掛からなくなったころ、車の中で、彼は突然海が見たいなどと言い、あらぬ方を見ている。ああ、恋している、焼けぼっくいに火がついてしまったらしい。わたしは家を離れることにした。彼は荷物とわたしを運び、わたしの新しい住処を見て嬉しそうだった。

彼が小脳出血で倒れ、寝たきりになったとき、「ぼくはハイジンになってしまった」と言うので驚いて「えっ、俳句作るの」と言った。それ以来、十数年にわたって介護していた。病室から女を呼ぶ声が聞こえる。ドアを開けるとピタリと止んだ。隠れて女の名前を言い続けた。

女はもう連絡しないで欲しいと言う。連絡はわたしがしていた。反対する理由も見つからず、そうですかと言った。別れ話はしたらしいが、思うに女は一方的に去っていった。そして、どういう訳か彼はわたしをひどく憎んでいた。

彼が亡くなって十年余り、子たちが「分かっていますよ、お母さん」と言う。孤独に死のうと思っているのに。

ゆれやまぬ緑が満ちて地下出口　　たんま

新しい家

隙間の空が狭くなった
昨日の雨に
若葉がぐんと葉を広げたに違いない
初々しい若葉の音

見かけないお婆ちゃん
お婆ちゃんによく似た体つきの

おっぱいがゆさゆさする娘
長い髪のすらりとした少女
良くしゃべる小さな子
その小さな子を中心に
若葉の林をみんなで走り
集まってどっと笑った

林に隣接する新しい家を手に入れ
お婆ちゃんたちを呼んだのだろう
家族の発散する空気がはずむ

新築の家に人を呼ぶ
わたし達も家を建てた

何をしても充実していたあの頃の
あの喜びをすっかり忘れていた……

久しい間

駅まで

林の梢はアンテナだ
どれもこれも競って細い枝を
水色の空に伸ばせるだけ伸ばしている
もすこし気温が緩まなくては
はやる木の芽をかばわなくては
寒さが岩のようだ
湿度も岩のようだ
もすこし柔らかくならなくては
風の向きが違う、日の位置、高さが違う

風の音を聴いていよう
ちぃーよ　ちぃー、冬鳥が鳴く
まだ、まだ

通い慣れた駅まで歩き電車に乗らず
広くて暖かい喫茶店で安いコーヒーを飲む

歩き出しそうに立ち並ぶコナラの幹が
洗練されたしぐさや美しさを競うのをやめて
なにかに集中している
背伸びしていると言ったらいいのか、そして
木の芽が膨らみ、全体が和やかになった
午後の太陽を左から浴びている

夜は何をしているのだろう
朝は朝日にきらきらしているに違いない

気が向くと駅まで歩き電車に乗らず
行きつけの広い喫茶店で安いコーヒーを飲む

若葉でやや重そうに幹はどんと立っている
若葉が風に揺れる音
なにも知らなくても平気
なにの疑いもない新緑

蛸

トマト・バジル・サラダ菜を庭に栽培し
ご飯を炊くようにパンも焼く
小麦粉も肉も魚も
お気に入りのお店へ車をとばす
以前とちっとも変わらずいるのに
このごろ変だ

吸盤を使って進む青い蛸がいる
隙間なく寄りそっていた

愛する子どもを失って
ついに正体を現わした
ああわたし蛸だったのね
見わたすかぎりの砂砂砂
身体を隠す岩も瓦礫もない
なぜか切なくて、蛸は自分の脚を食べる
一本くらい良いとおもう

隣の奥さんがやって来て
家の中を覗いたが
足もとでパクパクしている
脚の欠けた青い蛸には気づかなかった

星空ツアー

待っていたのはヨット
後部に座し
夜空に立つマストを見上げる
風が冷たい
ひたひた　ぴちゃぴちゃ
ヨットは猫が水を飲むような
なまぬるい音をたてる
帆を半分ほど開き風を見る金髪の男
カチリと光線を発射し北極星を指す

あれがシリウス
オリオン　スバル星

日に焼けた海の男はテキサス生まれ
テキサスは広いよ
男盛りの筋肉と
婆さんの白髪と
少女の頬が風を受け夜の海を漂う

歌うことも笑うことも
無知を曝すことも
知識を曝すこともなく
星空に身を委ねる

青く連なるスバル星
すこし怖くて立ち上がろうともしない
清らかな少女の肌のような
美しい時間

Ⅲ

木々と画家

櫟林は落ち葉の中だ
幹の色が生き生きしている
それぞれが距離を保ち
近すぎると曲がり
枝を伸ばしてバランスをとる
楽しく無謀に
知っていながらそれを壊し
執着せずに澄ましている
枯れる曲がるはお手の物

人類より前から
ここに生きて考えてきたのだから
当たり前と言えば当たり前だ
いちばんいい構図になる
〈自然が引き起こす諸感覚を受け止め、それらを秩序付け画布に翻訳した*〉
わたしの敬愛するセザンヌ
〈画布に翻訳した〉を枝を伸ばすにしたら
たぶん木の考えと同じだ

＊コートールド美術館展図録p95「ベルナール宛セザンヌ書簡」永井隆則より

ゆらゆら

霧雨に濡れる蔓隠元の
巻きついた蔓が伸び
雫のついた頭を下げ　弓のように曲がる
起き上がる　上下に振る
風に触れたそぶりで
回転する

ゆらゆら
あちらに傾きこちらに傾く
探している
狙っている
あの振り方　どこかで見たことがある
そうだ、蛭だ
沼への道で出会った、飢えた小さな山蛭だ

落葉と同じ色をして小径に現われ
血の臭いに歓喜し
身を細くして立ちあがり
落葉の上で待ち伏せしていた
ゆらゆら揺れていて

厚い靴下の上からでも忍び込み
血を吸い膨らんでころんとなった
決死の蛭だ

血がほしい
支えがほしい
ゆらゆら

木の葉散る

さわさわ林が鳴り
木の葉が散る
さわさわ鳴りつづけ
木の葉が散りつづける
高くから中ほどから
小径の手前から、遠くへ続く向こうまで
散っているのが見える

纏っているものすべて

脱ごうとするかのよう
ひとつまたひとつ、音もなく
落葉やまず

わたしも裸で
あの人に会えたら
そっと包んでくれるだろう
抱き合って落葉と逆方向へ
ちょうどシャガールの絵のように
空に浮かぶのだ

月

見あげると月があった
夜半になっても消えない家々の灯
いくつもの街灯のひかり
地上の灯が宝石のように輝いても
月は遥かからなにくわぬ顔で見下ろしている
青味がかった空に磨かれ、雲に磨かれ
電源もないのに清らかに輝いている

長い間あなたを横目で見てきた

無視されてもどう思われても
傷つかない月
大切な人たちが老いて、この世を去った
あなたは歳を取らない
そして、いつもひとりぼっち

眠るまで祖母の背中に暮の秋

たんま

風の子

銀杏の葉は散りつくし
菊は枯れてしまった
男の子が三人枯草の上をでんぐり返ったり
声を上げて走り回ったりしている
とても人とは思えない

人気のない寒い公園
銀杏の葉をつめた袋に棒を振りあげて叩いたり
フェンスを軽々と乗り越える

物置によじ登り屋根を踏み鳴らす
そこにあるすべてのものに手をのばす

見開いた眼は
自分の中を覗いているのか
わたしを見ながら見ていない
しなやかに身体をうごかせば
こんな小さな公園も広々した空間になる
三人は風のようにうねり乗り越え
何処かへ行ってしまうのだろう

朝日に落ちる銀杏の葉

霜だった
庭が白くなっている
朝日を浴びて黄金の銀杏の葉が落ちる
まっすぐに
はらり　はら　はら
ひと息ついて　はらり　はら
風はどこにも見あたらない

明け方首つりの夢を見た

宙にある裸足の脚を見てぞっとした
足が浮腫んでいる
死んでしまっても血液は下がるのだろうか
ぞっとしながら考えていた
私の夢は妙に細部にこだわる

そのまま知らんふりもできたが
家の人が帰ったので告げる
女がわたしについてきて
死体を見あげて泣き伏した
泣いているだけだった

胸の鼓動が消えないまま

銀杏が散るのを見ていた
夢には消えるものと消えないものがある
なぜこの夢は消えないのか
死体は足が浮腫むのだろうか
そもそもなぜ見たこともないものが
夢に現れるのだろう

霜の朝は
黄金の銀杏の葉がまっすぐに落ちる

矢車草

静かに横たわっている人に逢うため
枯れ野をわたる
消えそうな道に車を止め、しばし休む
冬を待たず
脚を抱き裏返る今年限りの虫
来るもの去るもの
別の所に運ばれ
運がよければ芽を出す草の種

なぜか辺りが華やかなのに気づいた
枯草の中にいくつもの矢車草の花が
青色に輝いていた
どれもこれもはっとするほど美しい

あの人が一人ひっそりこの世を去り
広い枯れ野の小さなわたしを捜し出し
たったいま身体を離れたと知らせに来た
瑠璃色の光になって
さよならを言いに来ていたのだった

病院に着いてそれが分った

乾杯！

鍔広の帽子を被り背を丸め杖をつき
前屈みにゆっくり歩いている影が
刈られた牧草地にくっきり映る
絵本で見た魔法使いのお婆さんにそっくりだ
あれはわたしかしら
知らないうちに変身したらしい
萎れた野菊をしっかり持って

欲しいものを抱え込んで溜め込んで
腰が曲がってしまったらしい
みんな捨ててしまったらせいせいして
箒に乗って空が飛べる
どこへでも行ける

牧場にはいつものソフトクリーム
昨日生れた黒い仔牛
「お母さんがいない」
お母さんはいないものなの
たくさんたくさん泣くものなの

富士山麓の湧水
ペットボトルにそう書いてある
同じ水をコップに注ぎ野菊を挿す
乾杯！
わたしの魔法でたちまち元気になるわ

稲荷神社の大欅

欅の太い幹に巻かれた注連縄が
切れそうに黒ずんでいる
壁のように張りだした幹に沿って
上へ上へ目を移すと
幹の途中で人の思惑は消え
尾びれを振って空を泳ぐ巨大な魚となる
欅の上の空は広い
星も生まれる

樹高二〇メートル
地響きを立ててやって来る
首の長い巨大恐竜が好敵手だ

横に張り出す枝の上にも枝
色づきはじめた細かい葉が
びらびらざわめく

葉の隙間から覗く秋の空
縁もゆかりもないわたしにも
欅の穏やかな刻がふくらむ

木々と

夜空を見上げていたら
木々も夜空を見上げていた
わたしたちは同じ地表の水を飲み
ともに過ごしていた

木々は丁寧に生きている
同じ所に立ち、日々の変化を

怠りなく取り入れながら
小道を急ぐわたしの姿を見送った
自信に満ちた立ち姿

暴れても騒いでも何をしても
悪くないあなたたち
わたしたちが
悪いことを考えて実行するのも
良いことを考えて実行するのも
同じことだったのね

Ⅳ

冬のスケッチ

新雪に踏みだす長靴の丈が足りない
ブロック塀にも郵便ポストの上にも
雪が高く積っていた
見えるかぎりにふかふかな
白い蒲団が被さって
まぶしい

やさしいものに包まれて

ぐっすり眠った昨夜の魔法
覚めてもつづく昨夜の魔法が
日ざしの中に解けてゆく
葉を落した枝のあちこちから
きらりきらり少しずつ
宝石になる暇もなく
ガラスのままで地にとどく

昨夜の名残を
シャベルですくい
子どもたちが「かまくら」を作っている
両手で雪を押しつけ
両足で踏みかためる

赤い帽子、黒いシャツ、空色の上着
白い空の強い日ざしに
積みあげた雪の影が濃い

魔法使いが入れ替わり
忙しそうに
てきぱきと魔法の杖を振っている

櫟《くぬぎ》

建売住宅が建ち並び
人がたてる音がする
段ボールを畳んでいる
何か叩く
鳥や風の持っていない
両手を使い頭を使う音だ
林に棲むものたちには
立てられない物音だ

武蔵野と声に出したい林の
張り出した太い枝が思い切りよく伐られ
はるか遠くの白い扉が少し開き
街の音が聞こえてきたが
いまでは夜も聞こえている
櫟の傍を車が通る
当たり前のように、勝ち誇ったように
支配者のように

曇天に広がる枝の
芽吹きの時はまだらしい
だれも教えないのに
自分でその時を判断するのね

伊佐沼

カイツブリが二羽銀灰色の沼にゆられ
鳴いていた
一羽が鳴きやむと
もう一羽も鳴きやんでいた
小さな体が
銀灰色のあるともない波にゆられ
波はゆりかごのように
二羽をゆらし
一羽が潜ると　やがて

もう一羽が潜る
水面に出ると
もう一羽が思いがけないところに浮かぶ
そして一緒に鳴く
銀灰色の沼のさざなみ

ひがないちにち
浮いて鳴き
潜って沼を移動する
浮く材木に動かない亀
強く尾を振る鯉

銀灰色のあるともない波は

夜の眠りに入り込み
ほんとうのゆりかごとなり
やわらかい歌となる

荒川（冬）

川面に浮かぶのは枯葉なのか埃なのか
手をかざして見るのだが判別できない
来るものはみな呑みこんで青黒いが
いつもより少し褐色がかっている

川底までどのくらいあるのか
巨大な胴体が
冬枯れの木や草に見え隠れして
すべらかに行く

所によって鱗が光る

体をゆるやかにS字に曲げ
同じ速度で自信に満ちて
音もなく行く巨大竜
だれが動きを止められよう
笑うことも傷つけることも出来ない

この竜に乗り
何食わぬ顔をしていよう
これまでの運の良さを
ひとり噛みしめながら

凄まじいな

〈凄まじいな。もう僕は五十一だ。〉*
金子光晴はこう書いた
〈そしてこの世ののぞみといえば
　あの女たちにもう一度あってみたいことだ。〉*
長男が五十一を過ぎた
まだ若い
妻と子どもが元気にしている
もう一度あってみたいと思うのだろうか
五十一はそうなのだろうか

なんとわたしは八十になった
そしてこの世ののぞみといえば
だれにも言ったことはないのだが
まともな詩を一編書きたいことだ
わたしが詩を書くと知っている人はいるが
詩人と呼んでくれる人はいない

なんということだ
昔の男に会った方がいいに決まっている
手も握らなかった青春
キスくらいすればよかった

生きているか死んでしまったか
好意を寄せてくれた人
いまもそのときのままさ
キスする前のときめきのままさ

＊金子光晴『女たちへのエレジー』「無題」より

鼻

テレビでニューイヤーコンサート*を見た
新型コロナウイルス蔓延のため
無観客での演奏と拍手（去年のものか）
このウィーンフィルのメンバーは
顔の中央の鼻が高い
横顔はより高く映る
その下に引き結んだ薄い唇

人類の祖先の頭蓋骨には穴が二つあるのみ

変化定めないこの世
大いにあり得る大きく真っ直ぐな鼻の形
わたしがきめ細かな頬を両手で愛しむように
かれらは鏡の中で鼻をつまんで愛でるのだろう
そうでなかったら
あんな表情豊かなものになる筈がない

バイオリン、チェロ
トランペット、トロンボーン
クラリネット、ピッコロ
鼻はちっとも邪魔にならない
演奏が佳境に入ると高い鼻が美しく揃った
かえって息がしやすい行進曲

鼻の揃った演奏でこころ浮かれる
猫も犬も鼠も蜜柑を食べながら
あんな鼻はしていないけれど
敬意を持って楽しみ
新しい年を歓迎した

＊2021年、1月8日、リッカルド・ムーティ指揮

足

赤城山に掛かる白いベールが動いて
裾野の上の雲になった
ベールが掛かっていた所は
湿っていたに違いない
幽霊がいた所もなぜか湿っているという

雲には足がない

重さ数トンもあるものが
何の支えもなく
静かに、美しく移動する

「足がない足がない」と叫んだのは
川遊びのときだ
足が着かなくなって
どうしていいか分らなくなった
幼い頃のこの恐怖は忘れがたい

足がなければ
タクシーに美しくすいと乗れる
雑談を楽しんで降りたあと

なにとなく心がざわざわする運転手さんも
車から降り、湿っている客席に手を置き
ぞっとして
足が地に着かなくなるだろう

恐山

斜面から水が突き出てほとばしり
コップの底をたたく
甘く柔らか
きっぱり清らか
目には青森檜葉の森

死者の魂がやって来るという恐山

イタコの口を借りて死者は言う
〈辛く苦しいこともあったけれど
心のしこりもとれて
あなたたちが仲良くするよう祈っている〉
決まり文句であったとしても
あなたが言えば優しくなれる

はるばるここまでやって来て
死んだあなたに語りかけても
思った通り予想どおり
知らんぷりの後ろ姿

きっぱり清らかに

みんなの悲しみを見学しよう
宇曽利湖から来る風に回る
赤い風ぐるまを眺めていよう

コウノトリに運ばれて

赤ちゃんはコウノトリが運んでくる
ひとりにひとつずつ磨けば光る珠と
温かい体温をプレゼントして
どきどきうきうきしながら
宇宙からか億年前の地球からか
分からないけれど運んできた

遥かで目に見えないのは寂しいけれど
コウノトリは忘れていない
人間ではないのだから
野に咲くスミレのようなものだから
思いがけずいいことが
たまに起こるのはそのためだ

どうしようもなく辛いときは
いただいた体温を
抱きしめてみるといい
いつでもどんな時でも優しく温かい
それから体に在るはずの
珠を探して磨いてみよう

コウノトリに
どきどきうきうきされながら
ここに運ばれてきたのだから

あとがき

老いを重ねて杖をつき言葉を探し歩き、手に入れたものを味わうのは良いものです。言葉の方も喜びや悲しみを体験した老人を歓迎してくれています。昔日の容色は衰えましたがそれなりの楽しみはあるものです。この詩集の詩は、何度も読み返し不要と思われる言葉を除き、必要と思われる言葉を加え、自分以外の人も読んで頂けるようにと考えました。わたしはこれまで長い間この大切なことをしておりませんでした。詩になりそうなものを拾い上げることには努力しましたが、作品にするという意識に欠けておりました。ようやく詩に目覚めたのでしょう。そういう訳で以前より良い作品になったと思いましたが、いまはどうか分からなくなっております。

曲がりなりにも手に入れた言葉たちをこうして纏められたのは嬉しいことです。

これといったテーマもなく、その場その場の、行き当たりばったりで作られたものを、ふらんす堂さんが編集して下さいました。さまざまな方にさまざまな形でお世話になりました。有難うございました。こころよりお礼申し上げます。

二〇二三年一二月七日

平木たんま

著者略歴

平木たんま（ひらき・たんま）

1939年　埼玉県生まれ
俳誌「寒雷」（加藤楸邨主宰）元同人
俳誌「海程」（金子兜太主宰）元同人
詩誌「地球」（秋谷豊主宰）参加
個人誌「島」（38号で消滅）

句集　『漂鳥』（風光社）
詩集　『犀の角のように』（土曜美術社出版販売）など

現在　詩誌「豆の木」「ここから」に所属

現住所　〒331-0821
埼玉県さいたま市北区別所町94-7

詩集　緑みちる　みどりみちる
二〇二四年三月三日　初版発行
著　者――平木たんま
発行人――山岡喜美子
発行所――ふらんす堂
〒182-0002 東京都調布市仙川町一―一五―三八―二F
電　話――〇三（三三二六）九〇六一　FAX〇三（三三二六）六九一九
ホームページ　https://furansudo.com/　E-mail　info@furansudo.com
振　替――〇〇一七〇―一―一八四一七三
装　幀――君嶋真理子
印刷所――三修紙工㈱
製本所――三修紙工㈱
定　価――本体二六〇〇円＋税
ISBN978-4-7814-1635-9　C0092　¥2600E